赤い椿の向うへ

吉田隶平

YUKENSHA

詩集

赤い椿の向うへ

吉田隶平

YUKENSHA

I

詩集

赤い椿の向うへ

I

人間関係

薄い薄い
人間関係がいいな
愛さない
憎まない

会えば
微笑みを交わし
会えなくても
時々想い
ふと哀しい

そんな
人間関係がいいな

ぼくらは居る

なんでもない会話をするために
ぼくらは居る

ただ　二人の静かな時間のために
何のためにとも言えないことのために
ぼくらは居る

寝息

幼な子も
妻も
女も
横で

寝息を立てている
幼な子が
妻が
女が
ひとりで
泣いている

五月

長い時間を共にしたのに
忘れかけている人がいる
ひと時を共にしただけなのに
悲しみの底に流れている人がいる

五月の昼下がりは
野に山に懐かしい人々が現れる
新しい緑の木々の向こうから

雨を

雨をぼんやり見ていたら
ふと　思い出した

いつか
今日のような雨を
いつまでも見ていたことを
ただそれだけを
大切な思い出のように

言葉を選びながら

いつも
言葉を選びながら
話してくださる

それだけで
うれしいのです
他には何も
いらない気がするのです
とても大事にされているようで

牡丹

牡丹の花に出合った
細い雨の降る日
深い赤紫の

花びらを脱いで
風はないのに
今にも崩れようとしていた

会いたい
唐突に　そう思った

欠如

詩人としてよく知られたY氏と
同じテーブルで酒を交わすことがあった
隣に座っていた氏が何の話の脈絡であったか
「人を愛したことがないかもしれない」と
呟くように言った
氏は今年六十になる
聞きながらわたしも同じ思いを抱いていた

日常に「愛」などという言葉を
うっかりこぼしたら失笑されるだろう
しかし
人を愛したことがないというのは
救いがたい欠如を
抱えていることになりはしないか

わからない
この歳になって
わからないまま
自分は人を愛したことがないのではないか
その思いだけが残る

「愛」

京都の料亭の女将らしき人が
畏まる板前に
「そこに愛はあるんか」と
何度も問い質す
テレビのＣＭ

あるんだろうか「愛」
この日常に
この世界に

好きとか嫌いとかではなく
そういう感情とは最も遠いところにあって
単なる心遣いでもやさしさでもなく
もちろん自分のためでもなく
「愛」としか呼べないもの
そのようなものが
あるんだろうか
この卑近な日常に
このさびしい現世に

まだ開かれていないページのように

長い影

ぼくは　その少女を二度見た
最初は昼下がりの閑散とした病院の食堂
母親らしき人と向き合って食事をしていた
大きなかき揚げの乗ったうどんを食べていた
黙って
ぼくが向かいの席で食事を終えるまで
一言も言葉を発しなかった
なぜ会話しないのだろう
訝しく思いながらも
眉の濃いエキゾチックな

少女の美しさに
ぼくは見惚れていた

二度目に　その少女を見たのは
病院のリハビリ室
訓練士の青年と話していた
まるで別人のように明るく笑って

やがてリハビリが終わり
歩行器に縋って室を出てゆく
冬の日の病院の白い光の中を
床に長い影を残して
ひとり

マネの描いた少女

酒場は大勢の人で賑わっている
少し首を傾げ不安そうにカウンターの中から
じっとこちらを見つめている
マネの描いた
フォリー＝ベルジェールのバーの少女
整った顔立ち　官能的な唇
どれほどの男が彼女に声をかけたか　そして
彼女はその後どんな生涯を送ったのだろう

恋はしただろう
結婚もしたかもしれない
母にもなったろうか
絵の中から今にも語りかけてきそうなのに
僕は何も知らない
彼女はすでに
この世にはいないということのほか

＊フォリー＝ベルジェールのバー
１８６９年にパリ中心部に開店したミュージックホール
「フォリー」（Ｆｏｌｉｅｓ）は「熱狂した、酩酊した」
「ベルジェール」（Ｂｅｒｇｅｒｅ）は「やわらかい安楽いす」の意で
暗に性的奉仕をする女性を想起させる狙いもあった
生粋のパリッ子であるマネは生涯をかけて刻々と変化してゆくパリを捉え続けた
作品は１８８２年　マネの亡くなる一年前のもの

エリザベスと言う名のバラ

秋の深まる公園に
エリザベス・テーラーと言う名のバラがあった
盛りを過ぎて
花は枝から大方切り取られていたが

ひとつだけ残されていた
それは何処までも深く紅く
滑稽なまで凛として
夕日と向き合っていた

辺りに　もう
誰もいない

香りを残して

秋晴れの
公園の横の道を歩いていると
「あっ　こんなところに
　あなたの好きな金木犀」
と　明るい女の子の声
向こうから高校生らしい二人づれ

立ち止まって男の子は
金木犀とその向こうの空を見上げ
ちょっと大人の顔をして
何も言わないで歩き出す
女の子は小走りにその後を追う
空に金色の光がこぼれる
身じろぐ香りを残して

夫婦

新幹線はトンネルを抜けた
白髪の夫は
幕の内弁当のおかずの中から一つ
黙って妻の弁当に乗せる

妻も黙って自分の弁当から一つ
夫の弁当の上に

妻が何かを話しかけ
夫は少しほほえんでうなずく
車窓から
富士が良く見える

つまらない

この歳になれば
「つまらない」
という感情は
もう卒業したと
思っていた

なのに　また
子どものように

愉楽の後の虚しさでもなく
何故という問いの答えもなく

ただ　子どものように

会える

向こうから近づいてくる人がいるのです
それは最初
公園の木々の間に見えたり隠れたり
少し近づいてもまだ
男とも女とも　なのに
知っている人に思え

それでいて誰とは分からず
ただ　近しい人に思え
しだいに見えてきて
自然に微笑みかわした時
やっと会えた
そう思ったのです
初めての人なのに

会わなければならない

この世には
会いたい人がいる

その人は
街ですれ違っただけなのに
微笑みかわす人
その人は
初めてなのに

少しも自分を飾らない人
その人は
疲れてこの腕の中で静かに休む人
その人は
会うたびに
大事に思える人
その人は
わたしが死んでも
ひそやかに覚えていてくれる人

この世には　まだ
会わなければならない人がいる

人よ

あらゆる定義は
ひとつの解釈でしかない
理解はひとつの
思い込みでしかない

愛は時に
悲しみでしかない

美しい人よ
あなたを想う

引き寄せて
空からみかんを捥ぐように
とは
誰のうたであったか

あなたの中に

ぼくが
見たいとおもう人は

すべて
あなたの中に居る
春の青空に
白い辛夷の花の開くとき

忘れない

美しいあなたを見た
そして　これから
あなたとどれほど一緒に居るとしても
同じ美しさを
再び見ることはないかもしれない

美しさというのは
前触れもなく一瞬
空に光る稲妻のようなもの
だが
わたしは忘れない
その美しさを

妻

あなたは　遣わされたのではないか
ぼくのところへ
ひとすじの光のように

大学に入って初めての教室で
あなたは明るい山吹色のセーターを着て
ぼくの前に座った
そして振り向いた
そのとき
あなたはぼくの妻になる
そう思った

それはまるで運命の人のようでありながら
まったく性格の違うあなたが
時にぼくにイラダチ呆れ
ぼくはぼくで一人でいる方が
どれほどいいかと思ったりした

ああ
今　ようやく　気づく
あなたは遣わされたのだ
ぼくのところへ
神さまはいないと思う
けれど
あらしめられて
一緒に居るのだと

妻に

残された時間の中で
しなければならないことは
多くはない

気の合う友と静かに酒を飲む

読みたい本を読む
納得のいく　いくつかの詩を書く

そして
気づかれないほどのさりげなさで
初めてのように
恋をする　あなたに

あなたはずっと

イケない
イケない
あなたは病気になってはイケない
死んではイケない

あなたはいつもぼくの側に居て
一緒にテレビを見
一緒にご飯を食べて

一緒にくしゃみをして笑い
時々つまらないことで小さなケンカをし
朝は同じ時間に起き
その日のお天気の話なんかをする

静かな波のように繰り返す
この日常が
こんなにも永く
あなたと居るという
この奇跡が
不意に終わってはイケない

お前は何処から

意志もなく
お前はぼくの孫として生まれ
ぼくも選んだ覚えはないが
気がつけば
お前はぼくの孫

確かめたくて
捕まえ抱きしめてみる

「苦しいヤメテ！　ジイジ」
そう言って手の中から逃れようとする
「ジイジはキライか」
悲しい顔をして尋ねると
にやりと笑って
「ジイジ　スキ」と言い残して
逃げ出した
栞里（しおり）よ　待て
お前は何処から来たのだ

陽菜（ひな）

まだ二歳の陽菜（ひな）は
もし僕が明日死んでしまったら
何も覚えてないだろう
同じ時間を生きて

同じ空気を吸って
タカイタカイをしたことも

そんなお前が
ある日ふと
想い出しはしないか
これはいつか
抱かれて見上げた空だと

II

自分以外の人は

野茨の
赤い実が光っている

自分以外の人はみんな
易々とほんとうを
生きているという不安

見つからない

玉ねぎの皮を剝くように
剝いても剝いても見つからない
答え

問われた答えがわからないと
「ボーッと生きてんじゃねえよ」と
叱られるテレビの番組がある

でもね
手も足も休めて
ボーッとしてたら
見えてきたんだよ
呆けたようにボーッとして
死んでいった人のことなど思っていたら
わかってきたんだよ
なぜ生まれなければならなかったか
その悲しさが
少し

噴水

北の空が薄く暮れるとき
誰もいない公園で

噴水を見つめていると
わたしがわたしから離れて
少し高いところから眺めている

錯覚

自分は死なないのではないか
と思うのは錯覚である
誰かに愛されている
と思うのはよくある錯覚である

時に
誰かを愛している
と思うのも錯覚である
しかし
自分は幸せである
と思うのは錯覚ではない

切断

いつも自分の部屋から見ている駅のホームにいる
そして　もう一人のぼくは
窓からいつものようにこちらを見ている
ホームに立っている自分
こちらを眺めている自分
本当の自分はどっち

と　思っていた
その時
通過列車が激しく
二人を切断する
ホームに立っていたぼくと
こちらを眺めていたぼくを

宇宙がしんと静まる

握手

「おやすみ」
「さようなら」
そう言って
夜毎　握手して眠りにつく
という話を聞いた

なるほど　眠りは一つの別れ
隣に居ても

手をつないでも
同じ夢を見ることはできない
眠ることで
それぞれの世界へ帰って行く

わたしたちは一生の内に
どれほどの別れを経験するのだろう
「さよならだけが人生だ」
と言った詩人もいた

「さようなら」
「おやすみ」

夕顔の花を

古い再放送のテレビを見ていると
その中に出ている何人かは
すでに亡くなっている

みんな今より若い
この当たり前が
少し悲しい
白い夕顔の花を見るように

流転輪廻

わたしたちは日々
ここに
この時間に
今あることに
別れを告げる

昨日のわたしは
今日のわたしではない
流転輪廻とは
この世のことではないか

アキアカネは
夕暮れの空に舞い
木の葉が降りやまない

永遠のように

いつもより影が濃くて
人がゆっくり歩いている
十二月なのに
正月みたいな景色だ

風もないのに
山茶花の花びらが一枚
枝を離れ
落花する
永遠のように

冬菫

夕暮れ
今日はまだ
空を見ていなかった
というふうに

死に近いその時に
大事なものを
見ていない
と　思うだろうか

ひっそりと咲いているという
冬菫を　まだ
というふうに

突き抜ける青空

暑かった夏が過ぎて
ようやく心地いい季節になった

その人とは長く同じ仕事をし
数えきれないほど一緒に飲み
何度も一緒に旅もした

親しい人の喪失は
その人の中にあった
わたしが無くなるということ

突き抜ける秋の青空
過ぎてゆく風の音
わたしをよく知る
一人の友が死んだ

約束のように

今朝の新聞に
好きだった作家の死亡記事が出ていた
昨年は親しい友を
三人亡くした
みんな必ず死ぬという当たり前が
当たり前に展開してゆく

間違いなく私も
そう遠くない日にこの世を去る
その日も電車は時間どおりに走り
街に車は忙しく行き来する
人々はやさしく睦あい
やがて木の芽は芽吹き
春には城の桜も咲き
そして約束のように
花は散りはじめるだろう

ぼくの死

五十二歳の女優が死んだ
若すぎる死
でもそれは　ぼくの死ではない

新聞の死亡欄に毎日
たくさんの死者の名が載る
だがそれも　ぼくの死ではない

今まで
何人もの身近な人を送った

けれどやっぱり　ぼくの死ではない

いつか
夕暮れのぼくの部屋に
いつもの赤々とした陽の光が
窓から差し込み
いつも座っていたぼくの椅子に
ぼくが居ない
だがそこにも
もう　ぼくの死はない

赤い空が
静かに
その色を失ってゆく

時というもの

叔母が亡くなったという知らせが届く
これで父母世代の人は誰もいなくなった

時というのは聞こえない音を立てながら
車の輪のように進んでゆくものか
それとも見えない影を残しながら
光のように過ぎるものだろうか

ふと手にしたアルバムを見ると
いまはもう親の背丈に迫る中学生の孫が
まだ　二つか三つ
なんとも愛くるしい
こんな時間も確かにあった
目をつむると
叔母と母の賑やかな声が聞こえる

今日は大型台風の影響で
電車もバスも止まって
駅には誰もいない
まるで静止画のように

ちゃんと

ぼくは誰とも
ちゃんと別れていない
九つの時　亡くなった父
長く看病した母
自ら死を選んだ人
明日もまた会えると思っていた人

先に逝ってしまったどの人とも
ぼくは憶病だから
まだちゃんと別れをしていない

著莪(しゃが)の花に雨の降る夕暮れ
黒い鳥が一羽
何処からともなく
また一羽
遠く　小さくなって
ぼくの目の中に帰ってくる

迂闊

気がついたら
自分が死んでいた
なんという迂闊

この世とあの世の界が
ぼんやりとしている
まあいいか

何処かで蝉時雨

時をくれないか

わたしはいつも
過ぎ去ってしまってから
人のやさしさや

悲しみを知る
どうかわたしに
しばらくの時をくれないか
別れのその前に

途中

何事も途中
生まれてきたのは
先に生まれたみなさんの
生活の途中だったし

死んでゆくのも
まだまだ続く世の中の途中

春　真っ白な花の咲いていた辛夷の木の枝に
今　真っ赤な実がついている
悠久の途中のように

今どこに

まだ三十前後と思える人が　ふと
五十代に見えることがある
三十を過ぎているはずの人が
二十歳の娘のように見えることがある
時間はひとつの方向に流れているのではなく
人は過去にも未来にも永遠にもいることができる

今　僕はどこに居るのだろう
長く生きて

世間のことはあらかた知ってしまったようで
まだ何もわからない
積み重ねたものもない
後悔も忘れた
僕はいつも子供
そして疲れた老人
自分の生を知らない
死もまた知らない
それでもこの先
ふと花に酔うことがあるだろう
思いがけない小鳥のさえずりを
聞くことがあるだろう

この世にあれば

あらかたは

長く生きても
人生のあらかたは忘れてしまう
何が残っているだろう
少しの悲しみの他

要約すれば
生きるということは
単純なことかもしれない
女がいて男がいて
死が
かくも自明のことであるように

海を見ながら

七十を過ぎたら
「おれたち　もうすぐ死ぬね」と
言い合って生きてゆかねば

朝の「おはよう」のように
夕暮れの「さようなら」のように
赤い日の落ちる
海を見ながら

春

うれしいな
福寿草が土から顔を出す
辛夷の白い花が咲く
菜の花が黄色い灯をともす
桜の花びらが空から流れ落ち
山が緑に萌えてくる

お寺の横道を
藪椿の花が赤く散り敷き
その向こうへ
人は逝く
春なのに

幼くなる

わたしはだんだん幼くなってくる
朝　露草のように目覚めると
何もかも信じられる

この世の様々が美しく見え
人のやさしさを思って
すぐに泣きそうになる

少しの哀しさを知って
目に見えない遠くの方と会話する
沈黙という全き言葉で
わたしはだんだん幼くなってゆく
犯した罪をそのままに

陽の光

人の名を忘れ
いろんなことを忘れ
死も忘れ
自分を忘れ
その時

すべての記憶を解かれて
きっと
この世は
突き抜ける青空
あふれる陽の光

近くなるほど

空に白い雲が流れ
地に白い花が咲く

死は
近くなるほど
考えるに及ばない

今という時間

いつ頃からだったろうか
人に尋ねられて
自分の年齢を数字で言った時の違和感

こんなにも歳を取ってしまったのに
少しも変わらない想いがある
積み重ねたものは多くはない

大方を忘れ失いながら
過ぎてゆく時間
止めがたい肉体の衰え
それらと乖離する精神

もう考えなくていいのだ
残された時間や
やがて消えてゆく肉体のことを
避け得ない終局を前にして
僕は今ようやく
永遠の入り口に居る

天道虫

七星天道虫が
高いビルの
窓枠から
翅を割って

深い空へ
沈んでいった
さよならは言わないで

吉田　隶平（よしだ　たいへい）

1944年　広島県三原市に生まれる
1968年　早稲田大学卒業
1988年　郵政文芸賞受賞

「日本現代詩人会」「日本詩人クラブ」会員

〈既刊詩集〉
「愛について」（近代文芸社）、「夏の日の終わり」（ワニ・プロダクション）、「秋の日の中で」「風光る日に」（以上、砂子屋書房）、「青い冬の空」（花神社）、「なつかしい言葉たち」「彼岸まで　ふたたび生まれ来ぬ世を」「露草の青のような」「この世の冬桜」（以上、郵研社）

赤(あか)い椿(つばき)の向(む)こうへ

2019年10月30日　初版発行

著　者　吉田　隷平　© Taihei Yoshida
〒720-0065　広島県福山市東桜町1–15–2704
発行者　登坂　和雄
発行所　株式会社　郵研社
〒106-0041　東京都港区麻布台3-4-11
電話（03）3584-0878　FAX（03）3584-0797
ホームページ http://www.yukensha.co.jp
印　刷　モリモト印刷株式会社

ISBN978-4-907126-30-8　C0092
2019 Printed in Japan
乱丁・落丁本はお取り替えいたします。